ALGUNAS
TARDES LIBRES

PROPUESTAS - SECRETOS - APARTES

Algunas tardes libres

© Del texto: Francisco Javier Montañana Pérez
© De esta edición: NPQ Editores
www.npqeditores.com
edicion@npqeditores.com

Primera edición: abril, 2024
Impreso en España

Los papeles que usamos son ecológicos, libres de cloro y proceden de bosques gestionados de manera eficiente.

ISBN: 978-84-19924-70-4
Depósito legal: V-1491-2024

ALGUNAS TARDES LIBRES

PROPUESTAS - SECRETOS - APARTES

**FRANCISCO JAVIER
MONTAÑANA PÉREZ**

A Carmen.
A mi familia.

Tarde se aprende lo sencillo.
JOSÉ HIERRO

Si alguna vez me pierdo,
buscadme en Roma.
Amo tanto Estambul...
Pero buscadme en Roma.
Deseo más Venecia.
Mi juventud está en París
y mi corazón es de Nueva York,
pero buscadme en Roma.
JOSÉ MARÍA ÁLVAREZ

Me gustaría haber estado allí,
en cada infancia de cada amigo,
haber sudado con ellos.

Eso ya no es posible,
como no lo será sudar sus muertes.
Mis amigos morirán lejos
y yo no sabré a quién preguntar.
ISABEL BONO

1 de septiembre

Me cuenta Rosa que cada mañana ve la fotografía de su hija
muerta. Sin pedir permiso, sin avisar, se fue.
Está en un mueble de la entrada de la casa, y aparece movida.
Todos los días le quita el polvo a ese mueble y limpia
—embellece— el cristal de esa foto.
Sabe que la deja de igual manera día tras día. La escucho sin
dejar de mirarla.
De vez en cuando respira profundamente, hace años que pasó
aquel momento.
Y ahora en clase, muchas tardes de esas de adultos donde tiene
ganas de hablar, cuenta que un día se escondió.
Y es su marido quien nunca habla de aquel suceso,
quien besa el cuadro y, rápidamente, lo deja en aquella cómoda
de la entrada.
Viene a ser que la fotografía queda colocada no como estaba.
Escucho y trato de ver al padre besando la fotografía,
un tipo de casi dos metros, camionero de profesión, serio y grave.
Como dejando la luz encendida por si ella vuelve.
Como leí ese verso en un poema de Joan Margarit.
Y respiro.
Ella dice que necesita contar lo que cuenta,
que su psiquiatra le dijo que le contara al maestro —que soy
yo— todo lo que quisiera. Y eso hace.
Algunas noches, cuando salgo de clase, incluso con frío, me
desabrocho la camisa buscando aire.
Vuelvo a casa sin música en el auto pensando en esa fotografía.
O será pensando en la ternura de las palabras.
Estar en una escuela de adultos es aprender a acariciar
las palabras.

6 de septiembre

Hace tiempo que empecé a escribir este diario.
Aunque la inconstancia separe las fechas de tan largo que lo
acabe dejando. Suelo entrar a la escuela a las cuatro, media
hora antes del inicio.
Me gusta ordenar las sillas, abrir la luz, encender el proyector,
poner a Chopin...
mientras espero a las alumnas de Alfabetización entrar
por la puerta.
Algunas vienen con una raya en los ojos más larga de lo
que convendría.
Pero eso es solo una opinión.
Rosario, soltera, vivió con su hermano inmenso de gordo toda
la vida.
Cuando cuenta la enfermedad final de la compañía de su vida,
tiene la templanza de separarse de las palabras.
Un día cayó su hermano al suelo, y de gordo no
podía levantarse.
La ira de él iba dirigida a ella, que no podía levantarlo.
Lo dice con gravedad sin ningún atisbo de sentimiento. Luego,
abre el bolso y enseña una foto.
Era cuando quiso ser actriz, estaba en la cola de un *casting* con
sus compañeras de colegio.
Antes de que su madre le dijese que debía dejarlo.
Iba pintada con un bigote y un traje de chaqueta negro.
Mientras habla, sus ojos se vuelven grandes y brillan.
Explica aquella foto en blanco y negro.
Emocionada de estar de nuevo en una nueva película.
Y vuelve a la tarea de la tarde.
Calla.
Y suena el *Nocturno 22* de Chopin.

La clase está llena de notas musicales, que entiendo sirven para pensar en paz.

Eso quiero entender.

12 de septiembre

Ahora que entiendo que un alumno de alfabetización sabe más de lo que cree saber, ha ido cambiando todo.

Tal vez el mensaje que se ha querido enviar a la sociedad desde las escuelas de adultos ha sido sobre gente que no sabe leer ni escribir,

cuando, hoy en día, si hablamos de tecnología, estamos una gran parte ubicados en esa ignorancia.

El trato, la confianza, el cariño hacen que cualquiera que se dedique a esto entienda que la «b» y la «v», la «g» y la «j» no son la cosa más básica ni más importante para educarse o conocer.

Desde que entendí que saben más de lo que saben, las clases han ido cambiando rápidamente.

Hemos hablado de Platón, de Kant, del *Quijote*, de Velázquez o de Vermeer.

Y ha habido diálogo.

Estaría bien que replanteáramos esto de la educación de adultos.

Cada vez me apoyo más en Paulo Freire y trato de separarme de tanta estupidez y opinión de compañeros de profesión que entendieron esto «de adultos» como un lugar para no trabajar creyendo que los alumnos eran gente que no pensaban, que no sabían, que no decían.

«La educación es un acto de amor, por lo tanto, de valor», dice Freire. Casi todo lo demás dejó de interesarme hace mucho tiempo.

15 de septiembre

«Ahora estoy vieja», eso dice Teresa.
Fue alta, mucho, y rubia de cabello largo.
Venía a aprender a leer y escribir con una libreta de
líneas dobles
para no salirse la grafía de entre las líneas.
Valiente la conocí.
Contaba que había vivido en una aldea por Zaragoza. Su
marido le enseñó a montar a caballo.
Nos lo explicaba a todos en clase.
Y al anochecer iba desnuda en un caballo blanco por entre
praderas. Allí había cascríos y nadie veía a nadie.
Se vestía de color y levantaba la voz y la cabellera.
Me decía: «Explícame esto, hermoso mío».
Y al mirarla nunca sabía bien qué tenía que explicar.
Porque el alfabeto algunas veces se quedaba pequeño, infantil,
delante de alumnas como Teresa.
Sabía mucho y cantaba canciones antiguas modulando la voz y
las palmas.
Tal vez no tuvo suerte con sus hijos, cuatro.
Llevaba algo traspasado en el alma.
Un dolor que no tenía palabras y prefería callar.
«Hermoso mío».
Fue un placer formar parte de ese posesivo.

Pensé durante tiempo en aquel caballo blanco montado por
una mujer desnuda mientras el sol caía.
Una mujer así desbancaba a la «b» y a la «v» de cualquier
texto, además de sonar igual. Era como una diva italiana por la
Fontana di Trevi.
En una escuela limitada por la ortografía.

Y la dirección de algún político escasamente preparado
para entenderlo.
Como un caballo blanco montado por una mujer desnuda.
Supera cualquier tema.
La belleza llega donde no hay ignorancia.

21 de septiembre

No lo puedo negar, voy perdiendo mi educación.
Formas y educación se suelen solapar.
Mucha gente sabe vivir con esas formas: «Buenos días»,
«Buenas tardes», «Buenas noches».
Algo parecido a *El show de Truman*, falso, artificial y que, de
repetitivo, asombra.
Es necesario chocar con una pared que hace de límite para
empezar otra educación.
Otras formas.
Seguramente otro sentimiento.

22 de septiembre

Entra la primavera en clase y huele a viento acompañado de
pétalos de flor. Pilar deja aparcada la bicicleta en un árbol
delante del colegio.
Esa bicicleta lleva a una mujer mayor con una cesta tras el
sillín donde cabe todo.
Vive en las afueras del pueblo rodeada de campos y gatos.
Siempre tiene un humor de perros.
Habla de sus familiares lejanos, fríos.
De cuando trabajó en Marrakech como gobernanta en una casa
rica de un moro.
También conoció —eso cuenta ella— a Obama, ese que fue
presidente de Estados Unidos.
Lleva una postal de una mansión y me señala que allí vivió
un tiempo.
A mí me parece más interesante creerla que lo contrario.
Se divorció de un tipo que la maltrataba y que finalmente solo
le dio una vida infame.
Y muchas hostias.
Siempre me habla con amabilidad y genio.
Muchas tardes, cuando leía, dejaba caer una mano sobre mi
pierna, quieta. Aparcada, como su bicicleta.
Aunque me incomodaba, nunca dije nada.
Sabía resumir la vida en pocas palabras.
Cuando me muera, me quemarán y ocuparan rápidamente mi
casa. Eso es lo único que quieren.
Sabía leer y escribir, que viene a ser, ser oída.
Le gustaba el lápiz más que el bolígrafo.
Las libretas eran tamaño folio, y muchas veces llevaban tierra
del campo.

También decía que los ricos nunca dejarán que los
pobres mejoren.
Y que de los curas mejor no fiarse.
El día del entierro, en un tanatorio que visito demasiado...,
empiezo a creer.
Me senté en las filas traseras cuando el cura empezó una
breve celebración
con un horno crematorio al fondo de la sala, un horno
brillante y lleno de luz como explicaba el cura hablando del
camino final.
Estuve mal toda la semana y sigo pensando en ella, en
Marrakech, en su bicicleta, su mano...
En el último «Amén» del cura, rápido, breve, final.
Allí empezó el fuego, y el reparto, y mi adiós.
La conocí muchos años.
Su felicidad estaba en otro continente.
En la Conselleria de Educación fue un número para la
matricula que entrego año tras año.

30 de septiembre

Concha dejó las clases hace tiempo.
Ahora cuida a su marido, con Alzheimer, es cuidadora. Contaba
una tarde que su hija al nacer no tenía cuna.
Cabía en la maleta abierta que había servido para venir del
pueblo a la ciudad. Vivía en una habitación con su marido y
aquel bebé.
La maleta se ocupaba con una manta que sería el colchón y
luego otras para taparla.
Dice que lloraba, que el marido nunca la oía.
Concha siempre ha escuchado todo y eso es saber mucho.
Hay días que en esta aula estamos en plena
revolución industrial.
Aquí llega gente del trabajo, de la fábrica, explotada y triste.
Alumnas de mirada lejana, con un tiempo parado como
pidiendo ayuda.
Es difícil hacer la revolución con lápices y folios.
A veces somos personajes de un cuadro pintado por Turner
o Coubert.
O gente que para a rezar a la hora del ángelus.
Cuando dejó de venir a las clases, guardé sus libretas en un
portafolios azul.
Le puse un título.
Quería saber firmar,
dejar su nombre en los papeles, existir.
Firmar es dejar tu ser en algún sitio visible.
Firmar para Concha era igualarse a otros.
No sabía que la firma ahora es ilegible,
garabatos que suelen hacer médicos, jueces,
abogados, políticos...

Tal vez con el fin de que nadie los reconozca. Para ella firmar era un acto de existencia.

Vuelvo a casa pensando entre el olvido y la memoria. Cuidar el olvido, olvidar la memoria.

Ahora encenderé la luz y acariciaré al gato que me acompaña. Con mis dedos intentaré poner mi nombre, mi firma en la piel del gato.

«Aquí yace alguien cuyo nombre fue escrito en el agua», dejó Keats. Una buena firma.

La Tienda

Me crié en una tienda.
Droguería, perfumería, paquetería, papelería... Mi madre la
arreglaba constantemente.

En Navidad, con la persiana bajada, decoraba un escaparate
hasta que amanecía, esperando a Melchor.
Para mí, la infancia es una camiseta sudada.
El pelo sudado, revuelto, y la ducha en un corral con animales.
Con mi abuela de piel blanca, donde no entraba el sol.
Y el paisaje de aquella tienda, abigarrada de objetos. Como el
Gran Bazar en Estambul.
Los viernes solían venir unos trabajadores.
Sucios, cansados, trabajaban el hierro en una fundición dos
calles más abajo. Champú, eso pedían.
Eran fuertes y robustos.
Y miraban un álbum de postales a todo color, de actores de
Hollywood, para regalo. Nos acompañaban Cary Grant
—aunque su verdadero nombre era Archibaldo—,
Gary Cooper, Wayne, Virginia Mayo, Monroe, Taylor. Aquellos
tipos, solos de lunes a viernes, pedían champú y postales para
regalar. De 9 por 18 cm.

Teníamos sellos en aquella tienda para la lejanía. Algunas
noches me entretenía mirando aquel álbum, tan lejano,
tan hermoso...
Después del champú, uno de ellos escribía lentamente —tal vez
sus sueños— en postales lejanas...
Decían que una vez entró un tipo a trabajar en la fundición,
comía ratas. Les arrancaba la cabeza y separaba la piel.

Una carne tierna.

Era cuando había acequias por debajo de las casas.
Y el agua era limpia.

Nunca tropecé con ningún objeto de aquella tienda, de aquel
paraíso. Conocí el cuidado.
Después en la vida, ya fue distinto.

Arrugas

Cuando abres el bolso y te salen todos los recuerdos,
se esparcen por la habitación, por el comedor, la cocina. Llegan
hasta el balcón y miran cómo pasa el tren.
Se suelen sentar tus recuerdos en la barandilla oxidada y negra
donde antes tuviste plantas y enredaderas.
Llevas un bolso pequeño con cremallera de acero inoxidable,
lleno de nostalgia y hojas de otoño.
Te has dejado caer en el sofá.
Ya sabía que ibas con el bolso, y todo ha vuelto a ocupar la casa,
tu casa.
Ahí está la foto de familia, ahora decorada de recuerdos que
no dices;
ahí el cuadro aquel del pasillo;
allá, en el armario del espejo grande, se va acomodando
la nostalgia.
Ese paseo entre árboles, ¿lento, sabio, doloroso?... No sé...
no dices nada.
Hasta en la lámpara se han colgado pensamientos.
Hace mucho que no venías por aquí, tu casa.
Una casa es eso, revoltijo de cajón abierto, ahora en tu bolso,
ahora en tu casa.
Vas llena de pliegues, recovecos, arrugas.
Te escribí hace tanto...
Cuando Kim Novak regaba las macetas decoradas, y las
canciones acompañaban los veranos.
Esa es la herencia.
Para mí son los veranos, de sol y azul, escotes y pulseras. No
solo cuento años.
Alguna vez entró Cary Grant, con ese hoyuelo tan famoso que
miramos enamorados. Os llamabais silbando.

Y os vi volar.
Ahí empezó el cine. Y el tiempo.

Abuelas

Has tenido suerte, amigo.
Dices que han sido veinte abuelas durante estos veintisiete
años. Has tenido abuelas, a ti no te faltan.
Siempre has caído como los gatos, de pie (eso decía un amigo
que ya no ves).
Además, tener tantas abuelas te ha rejuvenecido.
Cuentas que has cantado, bebido, bailado, llorado, reído
con ellas.
Visitas a Valencia y alrededores para ver algún museo —que
nadie entendió, eso dices tú.
Has pasado con ellas cientos de horas mientras llovía, hacía
frío o el sol se escondía por la tarde.
Te han hablado de sus hijos, de sus maridos, de sus nietos...,
de lo que tenían y ya no tienen, de lo que perdieron.
La mayoría nunca se volverían a casar, eso dicen.
Te han hablado del amor, de la amistad, de Dios (si es que
existe). Has ido con ellas a algún entierro, te han abrazado.
Una de ellas —cuando murió tu padre— te pasó una nota
que decía: «Sabemos que estás mal, pero no te preocupes, que
entre todas te ayudaremos todo lo que podamos».
Has tenido suerte, amigo.
Has podido hablar y ser escuchado.
Has aprendido —durante muchas tardes— a conocer el
silencio y lo que significa en ellas. Alguna fue a televisión a
buscar a un familiar.
Te has reído, enfadado, interrogado... con ellas. Has tenido
abuelas todos estos años.
Has explicado los planetas, el sistema solar y ellas te
han escuchado.

Has hablado de los griegos y han asentido.
Alguna te preguntaba que hacías tú —un chico tan inteligente—
con ellas. Te han mirado, te han preguntado, te han curioseado,
te han querido.
Has tenido suerte, amigo.
Han recitado a Lorca, a Margarit, a Machado, a Hierro.
Han leído a Sepúlveda, a García Márquez, a Hemingway, a Melville.
Han conocido a Matisse, a Renoir, a Picasso, a Sorolla, a
Velázquez. Han leído en voz alta los derechos humanos.
Han visitado París, Roma, Londres, Madrid en diapositivas.
Han navegado por los ríos más largos del planeta.
Han cantado *Qualsevol nit pot sortir el sol*, los fados de
Carminho, las canciones de Fito & Fitipaldis, etc.
Te lo repetiré, pues te veo un poco decaído.
Todos estos años has ido con una maleta llena.
Has tenido suerte, amigo.
Has tenido abuelas.

1 de octubre

He dejado mis bártulos antes del inicio de clase.
Espero la salida de los escolares en el centro de educación de infantil y primaria
donde se ubica por la tarde el centro de adultos.
Los niños salen gritando, cansados.
Desde una ventana veo a una profesora.
Trata de ordenar una fila antes de salir a la calle
donde los padres y las madres están esperando.
La fila parece que hoy no acaba de hilarse y finalmente estalla.
«¡¡¡Hostia ya, poneos en fila, joder!!!».
Lo dice con toda la rabia que puede, y llega el silencio.
Todos se organizan en una hilera marcial, correcta, ordenada.
Doy un paso atrás desde esa ventana por donde miro.
No quisiera cruzar su mirada con la mía.
Salen desde el centro a la calle como se sale de un cuartel de invierno.
«Algunos padres van abriendo los brazos, tal vez para alentarlos a volar», pienso. Aunque vuelos después de la orden será difícil.
Se cruzan con mis alumnas, mis abuelas. Alguna coincide con el nieto.
Salimos y entramos como en las fábricas.
Carmen dice, como si hablara sola, al sentarse: «Mi nieto solo me quiere si me saca algo».
Nadie contesta, como si no hubiésemos oído. Estas mujeres son inglesas tomando el té,
irónicas y elegantes,
distantes con el mundo, necesitadas de él.
Casi todas son viudas, casi todas nunca volverían a casarse.

P. Freire dice: «Todos nosotros sabemos algo. Todos nosotros ignoramos algo. Por eso, aprendemos siempre».
¿A qué salir en fila?

4 de octubre

La formación de profesorado está en mantillas, es de papel.
«¡¡Todavía hay formadores que instruyen a los maestros en la ortografía —que no leen, tío!!», dicen espantados.
Y los instruidos ni leen, ni saben de literatura, ni les interesa el arte, ni conocen a Platón. A lo largo de mi experiencia he conocido en enseñanza de adultos a profesores que vendía lotería, rifas, papeletas de no sé qué viajes imposibles para sus hijos, colonias de marca a precios bajos, ropa de segunda mano...
La formación en adultos debería ser trabajar la escucha, trabajar la vista; volver a escuchar y remirar al alumno; dejarse de esa baba y esa rebaba de creer que tienen delante a alguien que no sabe; que no entiende.
Por no citar a toda una caterva de formadores a los que les falta litio en primavera o en otoño.
Y las clases acaban llenas de enfermedad.
Malsanas sería una bonita palabra para definirla.
Tal vez se requiera de una ética del cuidado, donde la pregunta fundamental no es «¿Qué es lo justo?», sino «¿Qué es lo que hace falta?».
Esta ética parte de un cuidado y de un cuidador, donde los dos generan una interacción, un intercambio de saberes y delicadezas.
Esta ética debe ir unida a una idea de tiempo lento, desacelerado, festivo, tiempo de caricias, como explica el filósofo coreano Byung Chul-Han.
Existe toda una plantilla en educación de adultos con la mirada llena de nada, tal vez pillería, poco más.
Aunque mejor no generalizar. Aprendí de los mejores: los que llevaban la alegría.

7 de octubre

Mercedes no cree en Dios —me lo ha dicho alguna vez—, pero
va a la iglesia a limpiar no sé qué santos.
Escucha misa, habla con el cura, reza y pide por un
mundo mejor.
Algunas tardes se le nota la calva, pues le queda poco pelo,
resulta extraño. También le preocupan la «b» y la «v».
En su libreta cuadriculada caben muchas tardes de escuela.
Pinta mándalas para templar la mano. «Los nervios», dice.
Y algún dictado surrealista que les hago sobre Bertín Osborne
y el aceite que vende. Ella se ríe, pero la he visto llorar
muchas veces.
Cuidaba a su marido después de trabajar y este daba todo el
mimo a los animales.
Las personas quedan en segundo lugar.
Mercedes es una mujer sobreviviente, que cree y no cree, como
el cura de *San Martín Bueno, mártir*, de Unamuno.
En las escuelas de adultos se inventó para el programa
Windows la expresión «Guardar como».
Todos guardamos algo en el aula, en la calle, en casa, en el pueblo.
El «como» es lo que no se dice, es lo oculto.
Mercedes limpia la iglesia, una iglesia amplia y fría, la de mi pueblo,
donde se recoge a todos los siervos de Dios, un Dios que existe
porque no lo escuchamos.
Hace tiempo que la conozco y la quiero.
Me gustaría que hubiera conocido a Epicuro, sí, el del jardín en
Grecia; que su vida tuviera esa armonía, sin miedo a los dioses
ni a la muerte.
Tal vez ni al Espíritu Santo.
En clase vemos cuadros de Velázquez, de Goya, de Fragonard,
de Delacroix...

Siempre los entiende porque le gusta el arte, mirar un cuadro
después de explicado.
Todo está en potencia en estas mujeres.
Buscamos el acto, llegar para que todo explosione.
Llegar a una educación descolonizada lleva tiempo,
pero es posible.

11 de octubre

Angelita limpiaba en las casas de la gente que podía pagarse una limpiadora.
Le decían: «Angelita, mejor hazlo de rodillas que así sale más el brillo».
Y ella limpiaba casas arrodillada.
Lo recuerdo ahora, y hace tanto que lo dijo...
Le gustaba leer, escribir y era orgullosa, y eso era bueno. Al menos para los señoritos para los que trabajó tanto.
Su hija es médica, ella decía que le pagó sus estudios gracias a limpiar patios y casas. Su hija llevará una bata blanca y un fonendoscopio; y paseará con sus colegas hablando de un diagnóstico del de la habitación tal o cual.
Lo contaba con orgullo, tener una hija médica. Lo es.
He reído tanto con ella...
Me sentí un nieto con una abuela poderosa y grande. Ha pasado el tiempo desde que empecé este trabajo. Ellas han ido envejeciendo —como yo—.
«Qué puta es la vejez», dicen todas.
Dejó de venir por clase, se ahogaba...: algo del corazón.
La vi en una silla de ruedas, empujada por una extranjera.
Ella, blanca, ahogada, con una manta a cuadros, tal vez calentita. Preferí que no me viera, no quería saludarla, no quise acercarme.
A veces te da un vuelco el corazón, o los sentidos, o el alma.
Será el tiempo.
A todos el tiempo nos quita el título de maestro.
No sé educar la vejez. O tal vez sea soledad.

15 de octubre

Hemos explicado a Machado y Lorca.
Muchos creían —desde arriba— que eso era el máximo la que
podía llegar una escuela de adultos.
Machado, Castilla; Lorca, Andalucía.
No se trataba de eso, pero en el fondo se buscaba llegar ahí.
Así ya se podía tomar partido, entender la Guerra Civil.
Es mentira.
Educar a adultos lleva consigo siempre —eso creían ellos, los
políticos— un agradecimiento por parte de los de abajo, un
«Gracias, señor, por todo lo que nos da».
Nadie daba un duro por pensar.
Por leer los *Sonetos del amor oscuro*, por analizar el río Duero
de Soria.
O la soledad de Machado o el desengaño de Lorca.
Siempre se trató de pensar a favor, de organizar la crítica.
El poder siempre trata de no dejar restos, pistas.
Cuánto cuesta separarse de la misa, del cura, del poder divino...
Mejor embestir, que ya lo dijo Machado.
Todo lleno de babas, el político, la subvención, su currículum.
Intenté romper esa idea, hemos recitado a Leonard Cohen con
la saliva de Lorca,
a Lorca con la música de Tom Waits,
a Machado con Serrat.
Hemos buscado el interior, desde cada uno, para rehacer un
nuevo currículum.
A veces desde el dolor, parecido a este país llamado España.
La guitarra de Paco Ibáñez y su voz larga y ronca, perdida,
nos llevó a Colliure. Creo que algunos alumnos
encontraron paz.

Los grupos políticos se entretienen poco en la educación
de adultos.

«Esto no da», acaban pensando.

Llevo tantos años en esto, y tantos políticos de todas las siglas
para quienes la educación es aprobar sin importar el saber.

También los alumnos saben que, a más saber, más separación
de ideologías vacías.

Y a más sentir... Todavía está por descubrirse.

Ahí voy.

Sentir es buscar, por ahí entiendo esto de la educación.

La belleza, una de las pocas cosas valiosas que merece la pena
salvar de este mundo.

«Ahora que estamos en derrota, nunca en doma», escribió
Claudio Rodríguez. Puede que ese sea el primer verso para
empezar un currículum de adultos.

18 de octubre

Hay un cajón de sastre lleno de profesores de adultos, venidos de cualquier ideología; maestros que «pillaron curro» con sueldos ridículos y con menos preparación; señoritos y señoritas de la educación, sin formación teórica, pero con la mano larga; sin preparación y con un cierto desprecio hacia mucha clase social.
Palabras llenas de nada, que dan clase con las piernas cruzadas y hablan como si tuviesen una piedra en la boca que no les dejase pronunciar bien la palabra *igualdad*, por ejemplo.
Concienciados exclusivamente con su paga, su dinero, su bolsa, esa viene a ser su productividad o su propuesta.
Peluquería, moda y Tele 5. Y Vaquerizo o tal vez Obregón.
Pijerío.
Así nos va. ¿Dónde Robespierre? ¿Dónde?...
«Volver a revisar la tolerancia», me digo al reescribir mis pensamientos.

19 de octubre

Terminábamos de leer la última página del libro que teníamos
esa temporada en clase.
Julia levantó la vista y me miró.
«De soledad va este libro» —dijo.
Era *El viejo y el mar*, de Hemingway.
Creo que ella lo había entendido a la perfección y se notaba
emocionada.
Luego volvía a hablar de su último viaje.
Desde Cantabria en tren hasta Madrid con su marido.
Habían viajado por Berlín, después París.
Acababa aquel largo viaje en el aeropuerto de Barcelona.
Decidieron ir a Santander, dijo que le recordaba su infancia.
A su marido, paciente y sin hijos, no le importó desplazarse
hasta esa capital del norte. Creo recordar que llevaban tres maletas.
Eran una pareja de jubilados con tiempo.
Se conocieron trabajando de jóvenes en Suiza y les quedó una
buena pensión.
Con dinero y sin hijos.
Ella, una mujer culta, viajada, lectora, dedicada en cuerpo y
alma a su marido.
Y antes a su padre, que le enseñó el cine y el arte de los museos.
Ahora estaba llena de soledad, como el viejo del libro.
Ya sabía que llegar al puerto era hacerlo con nada de pescado,
vacía la maleta.
El recorrido podía saberse, el final nunca era imaginado.
Ese plus —la imaginación— se iba perdiendo con los años.
El telón acababa por bajar y la sala del teatro —eso de vivir—
está vacía.
Cada tarde contó, nos contó..., viajes, ciudades, climas, lugares
para volver.

Le gustaba —vanidad— levantar la voz al hablar, ser mirada,
admirada..., escuchada. Sentados en sus asientos, ordenados
por el revisor, en aquel tren destino Madrid,
iban mirando el verde de Cantabria.
Tal vez unas gotitas de lluvia del norte que acaban por
empapar hasta los sueños.
Moría su marido frente a ella de un infarto brutal.
Como el rayo del que habla Miguel Hernández.
Julia ya no perdonaba la muerte enamorada.
Lo acompañó hasta Madrid, en otro departamento del tren,
mientras ella, descompuesta, hacía un último viaje sola.
Como Manolín, cuando muere el Viejo, que lo tapa con una
pequeña manta.
«De soledad va...», dijo al acabar el libro.

21 de octubre

Hoy vino Carla, técnica de informática y especialista en tecnología
—eso dijo el concejal— a la clase para hablar del uso del móvil
y de la nube.
Y también de cómo cambiar las claves o las contraseñas para
que los delincuentes cibernéticos no nos roben el dinero, o la
información privada y la utilicen vendiéndola a otros países.
Esa tarde nadie abrió la boca, solo Carla.
Nos enseñó todo para que no existiera la brecha digital entre
jóvenes usuarios y los viejos, que no saben utilizar la técnica.
Nadie preguntó, nadie dijo «Esta boca es mía».
Las miraba de reojo, a escondidas, a todas las alumnas, pero,
inmutables, nada preguntaron.
No fue divertido ni interesante, no aprendimos nada.
Pero ella se marchó segura de participar en esto de eliminar
brechas, tecnológicas se entiende.
Parece haber una preocupación en que todo el mundo,
incluido viejos, sepan usar el móvil, aunque la preocupación
no parte de ellas.
Las preocupaciones son otras, ¿brecha de la soledad?, pero no
envían a nadie a solucionar el asunto.
No tenemos técnicos en ese tema, pocos profesionales, extraña
vocación. En clase nunca suena ningún móvil, son limpias
y aseadas como los gatos. La nube solo sirve para hablar del
tiempo, si son blancas o son oscuras.
Ellas me dan el teléfono de sus hijos, por si acaso, Paco. Al salir
de clase, alguna luz quedó abierta.

26 de octubre

Ellas conocen a Vermeer, saben del holandés y sus pinturas.
Vemos arte todas las semanas, cuadros que vamos
comentando, conociendo.
Nunca nadie puso delante de ellas algún cuadro valioso, que
tenga verdad y pensamiento.
Todas tenían en sus comedores alguno de escenas de caza con
un ciervo rodeado de
Perros, herido de muerte por un noble montado a caballo, que
espera su final saltando un riachuelo.
Almuerzos, comidas y cenas han acompañado toda la vida esa
escena convirtiéndose en familiar por cercana y absurda.
Vermeer utilizaba el lapislázuli, el azul tan electrizante que
dejó en sus cuadros.
Este pintor empeñó su casa, sus ahorros, para obtener ese
pigmento que no existía en aquella Europa.
Algunos dicen que venía de Afganistán aquel mineral azul.
Se puede ver en *La mujer de la perla*, *La lechera*, *Mujer de azul
leyendo una carta*.
Todas admiran esos cuadros, eso dicen, por tanta belleza, dulzura.
Hemos hablado de *Mujer de azul leyendo una carta*.
Es una mujer cercana a una ventana leyendo una carta,
embarazada y con un mapa al fondo de la habitación.
Sus ropajes azules, igual que una silla debajo de la ventana...
Sugerente la escena, ellas hablan e interpretan: está sola y su
marido no volverá.
Lee una carta de su amante, será una madre soltera...
Parece que el pintor dejó un cuadro para interpretar.
Y que ellas, al verlo, se sientan libres y opinan sin temor de no
saber, de no entender. Gran maestro, el holandés. Toda una
clase de arte y libertad.

Vemos cuadros para saber, aunque no es esa la finalidad.
Vemos cuadros para no hacer nada, para estar inactivas y volar.
Vemos cuadros que sirven para soñar.
Hay que defender la inactividad, la mirada. Eso es una escuela.
O tal vez olvidar la escena de cacería de cualquier comedor.

28 de octubre

Con *Un viejo que leía historias de amor* tuvimos mucho debate.
El libro del escritor Luis Sepúlveda fue un éxito en muchos lugares.
También en la clase.
Es la historia de un viejo en la selva que no sabe leer ni escribir,
con una lupa lee de pie por las noches,
entre otras aventuras, contra un jaguar tan herido como él.
Recuerdo un pequeño diálogo del libro:
el viejo le pide al médico que la próxima vuelta a la aldea le
lleve libros de amor.
Y este le dice que si son libros de putas y señoras con ganas
de sexo.
Y el viejo le dirá:
«No, no, de amor, del que duele. Todas tienen una historia de amor».
Al menos posible de contar, de resumir.
Y deseos que van más allá de las paredes del aula.
Mis abuelas, mis alumnas miran, tienen la mirada grande y larga
como la lupa del viejo del libro.
Ven más de lo que dicen y algunas veces se escapa algún deseo
por lo joven, lo que no ha cambiado,
el ideal de la juventud.
Algunas no pactaron con el diablo,
no vendieron su alma por la juventud.
Pero la mayoría sí.
Es un pacto de silencio,
pero se siente cuando miran.
No se puede evitar el deseo en la mirada.
Se me viene Lucien Freud con sus desnudos.
Y las recuerdo a ellas como esos cuadros donde la carne se crece
y es posible que salga del cuadro ocupando espacio real.

Los pliegues de la carne —igual que el Barroco— esconden
infinidad de pensamientos,
aventuras imaginarias y reales,
citas a escondidas,
humedad en los labios o sudor en la espalda.

El conocimiento es una idea de pliegues,
arrugas, doblez,
donde está escondido lo más oscuro,
lo más deseado,
lo que nunca se dirá;
es la propia carne, todo un libro escrito con la ortografía más
salvaje y deseada.

El pliegue: la paradoja de lo escondido y abierto de par en par.

30 de octubre

He visitado la exposición de Lucien Freud,
sus cuadros de carne, tanta carne, tanto pliegue.
Con la boca abierta, voy de sala en sala mirando,
podría decir tropezando,
ante tanto hombre y mujer delante de mí a la intemperie,
abiertos en canal.
Irrepetible ese paseo.
Vuelvo a clase con las alumnas
y las miro mientras están escribiendo en silencio, calladas.
Se oye algún nocturno de Chopin,
se puede oír lo que van escribiendo despacio,
con otro tiempo.

Tal vez una asignatura de coger o atrapar el tiempo,
ya sea con la mano, ya con los ojos.
Asignatura para retener ese espacio que cada día se escapa.
Las imagino dentro de los cuadros de Freud,
desde donde ellas miran a los visitantes
que han ido a ver la exposición.
Las imagino alegres y brillantes.
Caen desde los marcos de esos cuadros,
como gotas de lluvia de octubre,
segundos, minutos, horas, años, fotografías, cenas familiares,
cuadros que decoran comedores, espejos donde peinarse, grietas,
esperanza y lo contrario.

Cae la carne que se descuelga del cuadro,
y va llenando la sala de tiempo
donde los visitantes no sabemos que decir.

El curso se llama tiempo,
igual que lo que se pierde.

Y allí va todo, imposible retener.
Tal vez el arte sea lo único que pueda contener esa belleza,
eso sagrado,
tal vez.

Y luego vuelta a lo cotidiano,
a la rutina necesaria:
«Corrígeme estas palabras, que no sé si están bien escritas».

Al volver a casa, por la noche,
después de todo; fumo en el auto.
El humo, eso me parece hoy, ejerce formas extrañas,
movimientos como de caricias y lentitud.
Miro mis dedos sujetando el cigarrillo,
carne que se agarra a las cosas.

31 de octubre

«Hola, Paco,
perdona que te moleste ¿puedo hablar contigo?
Ya sé que son más de las once de la noche».

Así me habla Consuelo
para decirme que ha leído unos versos que le han recordado
las clases,
a las compañeras, al maestro.
Después de decirle que no hay problema,
empieza a recitar los versos que ha descubierto en un libro
por casa,
versos que hablan sobre la naturaleza y el amor.
O la vida.
Se va emocionando al leer, se para y, después de pedir perdón,
por si me está molestando,
dice que los entiende y que por eso le producen tanta emoción.
La escucho en silencio,
yo también trago saliva.

«Que la vida iba en serio, uno lo empieza a comprender más tarde.
Como todos los jóvenes, yo vine a llevarme la vida por delante,
dejar huella quería y marcharme entre aplausos.
Envejecer, morir, eran tan solo las dimensiones del teatro».

Me va explicando cómo lo entiende ella.
Al fondo se oye que su hija la está llamando
y su nieta parece que requiere algún cuidado,
pero ella continúa:

«Pero ha pasado el tiempo y la verdad desagradable asoma:
envejecer, morir, es el único argumento de la obra».
Pregunta si las demás lo entenderán como ella.
Dice que desde que leemos poesía en clase
la va entendiendo un poco más.
Que tuvieron una educación escasa,
breve,
de esas sin saber leer ni escribir,
de esas que sirven para cuidar a los demás
y dejarse la escuela.
Estoy convencido de que estas lecturas tienen verdad,
y eso es lo mejor que se puede ofrecer a adultos.

Poesía, verdad.
Lo que cada una sienta será su interpretación,
o tal vez la solución.

Los geranios de mi madre

De eso puedo hablar siempre.
Hay un poco de desolación en los recuerdos.
Últimamente los tengo que pintar de color azul para que
luzcan un poquito.
Se acumulan, será el tiempo, que solo es polvo y le restan grandeza,
si es que la tuvieron.
Igual que la memoria se inventa, también los recuerdos.
Tengo una fotografía de una virgen en cuyas manos hay un
cartel que dice:
«Se vende».
Y una carta rasgada del cinco de corazones, de una noche de
magia, de un mago,
de unos ojos violetas que me miraban.
Tengo un arcángel —que debe de ser más que un ángel—.
Está tocando una trompeta del juicio final.
Ya me llegó la citación, ahora esperar al juicio que seguramente
acabe por perder.
Una fotografía en blanco y negro, de las de verdad, con mi padre,
donde deja caer su brazo por mi hombro, así sin demasiadas ganas,
posando rápidamente, como los pocos abrazos que nos dimos
y que tampoco puedo olvidar.
Mi madre regaba geranios en un corral pintado de blanco.
Mi madre era Ava Gardner y yo quería ser Frank Sinatra.
Y teníamos un yate, siempre a punto de partir,
con una vela grande y desplegada, que se veía de lejos.
Los geranios eran rosas, rojos y blancos. Y allí cenábamos
en verano.
Y teníamos un mayordomo que servía vino y champan en
copas largas y delicadas.

Y entonces yo sabía brindar por el futuro, que era azul.

Y reíamos viendo películas donde salía mi madre, en blanco y negro.

Es el color de verdad. Los otros los voy necesitando para seguir viendo cine.

Y yo no crecía.

Y mis padres andaban preocupados por ese asunto.

Todo se solucionó con una pastilla que me hizo comer sin parar.

Y entonces ya no era Sinatra, ni vivía en Nueva York, ni hacia cine.

Y engordé hasta que crecí.

Y todo el decorado cambió.

Excepto que podía regar aquellos geranios, que ahora me vienen al alma,

y que, si fuese alguna flor esa alma que digo, sería un geranio.

Sobre mi padre

Me afeito igual de mal que mi padre.
Tengo su cuerpo encima desde hace años.
Y tengo sus arrugas en los mismos lugares de la cara, de la
frente, de los labios.
Tengo una entonación con algunas palabras igual que sonaban
cuando él las pronunciaba.
Y eso que nunca hablamos. Nunca.
Llevo un muerto encima y me produce ciertas obligaciones
que cumplo al pie de la muerte o al pie de la regla, que es lo mismo.
Ahora que tengo el pelo blanco, como él,
y que tomo una pastilla para el colesterol, como él,
decido quitarme peso, si es que eso es posible,
escribiendo sobre como lo echo de menos.
Y eso que nunca tuvimos una conversación, de padre a hijo.
Como echo de menos su figura delgada y enjuta, sus
semiconversaciones con mi madre,
sus palabrotas que afectaban al cielo entero, a los ángeles.
Oigo todavía esa cucharilla suya que no paraba hasta enfriar la leche.
Oigo esas piernas largas que tenía al caminar como Gary Cooper.
Oigo el alma de los muertos.
Porque he aprendido a hablar más con ellos que con la gente
que me rodea.
He tenido que inventarme un padre, refinado y culto, elegante
y gracioso.
He tenido que conocer Macondo para saber que él vivió allí
y que algo tenía que ver con la aparición del hielo.
He tenido que dejar la moral a un lado.
Tanto peso, separarme de estupideces, de grandes palabras
para poder acercarme a esa voz que me repite.

«Córtate el pelo, que pareces un gitano».

Por eso, por la noche, cuando dejo la luz encendida del pasillo, espero lentamente que lleguen los muertos para poder intercambiar palabras que solo ellos saben.

Como las de mi padre, que trabajó el silencio hasta el final de sus días.

O sería mejor decir que trabajó el hielo.

Propina

Paseo por la calle peatonal, llena de prisas y bolsas de
comercios, con mi hija.
Si se acerca alguien solicitando dinero, suelo dar, aunque ella
ya me mira como pidiéndome que dé.
El mensaje está en sus ojos, igual que el tipo extendiendo
la mano.
Paseo por la iglesia vieja de orden gótico, y allí tienen las
manos extendidas.
No tengo tanto para dar.
Nadie explicó nunca eso de la caridad.
Por eso tampoco se entiende eso de la solidaridad.
Algunos lo unen a justicia y finalmente acabo por no
entender nada.
Llevo la mano dentro del bolsillo del pantalón.
Mi hija se acerca con un helado de calor y sol.
Tengo suerte de poder ver.
Chocar contra los demás entre tantas prisas.
Recuerdo el funeral de mi padre.
Tantas manos extendidas para abrazar las mías.
Todos pedimos algo bastantes veces en la vida.
El efecto de los escaparates hace que peligre el pensamiento,
doble en esos momentos.
Ha sido necesaria la caridad para llegar aquí.
Casi todo ha sido necesario y es bueno reconocerlo.
Como los pájaros que ahora pasan por nuestras cabezas.
Tomo un café. Dejo propina.
Carver escribió uno de los mejores poemas titulado *Propina*.
He aprendido a reconocer las facturas, los recibos, el importe...
Poca cosa era. Vocabulario técnico donde no entran nubes.

Lo reconozco.
Mi vida también es una propina,
algo que empezó al soltar la maleta de agua.
Cerca de unos ojos violeta, y unas hijas que le dieron sentido a
la canción *Qualsevol nit pot sortir el sol*.

2 de noviembre

Luisa también viajó por el mundo con su marido,
conoció continentes y culturas.
Desde que es viuda se lamenta y se queja.
«No puedo superarlo», dice todas las tardes.
Todas la miran en silencio, que es una carta de amabilidad.
Tal vez piensen en sus viudeces, su tiempo solas, las ausencias
en navidades, en cumpleaños, en aniversarios.
Ella se queja y quizás esa queja esconde una fragilidad mayor.
Cuenta que tiene en la habitación las cenizas de su marido.
Al levantarse por las mañanas lo primero que hace es hablarle
al búcaro donde está él.
A veces escapamos de todo con el humor.
Tras la sonrisa se esconde una risotada que no saldrá por
respeto o educación.
Nos explica que a veces no quiere vivir, pero todas las tardes
asiste a esta clase, a esta aula
buscando una compañía que todas saben y que todas dan.
La soledad se agranda con la viudez, pero muchas veces se
arrastra desde siempre.
Estar casada era también estar sola, perdida,
abandonada, como muchas veces han dicho ellas al hablar de
sus vidas.
La soledad no se curaba con un matrimonio, aunque lo parezca.
A veces pienso que todavía le falta tiempo para entender
su soledad,
la que viene de dentro y te oculta la alegría.
A veces esa alegría no florece porque ponemos un tapón, una
piedra, a la manera de Sísifo, para repetir y repetir y no pensar
y no pensar.

Solo el tiempo aclara el interior de cada una.
Es una herramienta para vivir sin peso, sin mochila de carga,
pero eso solo se aprende con el tiempo.
Tengo alumnas con un currículum brillante, de excelencia, que
ya lo saben todo, si es que eso es posible, alumnas que saben
que hay que tener el tiempo a favor.

4 de noviembre

Ellas dicen que no se gustan, que han cambiado, que son otras.
Se cubren rápidamente al salir de la ducha.
¿Cuándo se cambia? ¿Dónde se quedó el que fue y dónde
las palabras?
¿Cuándo cambiaron las palabras de significado, de sentido?
¿A dónde fueron aquellas ideas, tan grandes y llenas de belleza?
¿Dónde quedó el tipo con aquella melena negra, aquella juventud?
¿Dónde aquellas celebraciones sin fin? ¿Dónde empezó el fin
del otro?
El que acompañaba siempre, el que estuvo a tu lado, ¿dónde
quién te protegía?
¿Dónde la casa?...
Un rabo de nube pediría, cómo la canción de Silvio Rodríguez,
que se llevara lo feo...
¿dónde lo nuevo? ¿Quién surgió de tanta pregunta?
Llevo la tarde viendo atardecer y escribiendo, con más *gin-tonics*
que palabras.
Voy llenándome de alcohol, de fantasmas, de demonios.
El atardecer puede servir para un largo aplauso de celebración.
Hoy levanté la copa llena para brindar por mis demonios,
los que nunca contestan, los que empujan sin parar, los del
lenguaje sucio, los de la doblez.
Necesitaba un rabo de nube, solo tenía alcohol.
Cada día me parezco más a ellas. Me cubro rápidamente,
espero menos.

8 de noviembre

A Lola se le cayó por la ventana a la calle, después de cuatro
pisos, su yerno.
Lo cuenta como se puede contar, espantada.
Una mujer que siempre tuvo una vida tranquila, ordenada, suave.
Allí quedó en la calle, muerto.
Oí esa noticia en el pueblo, alguien que caía en plena calle
desde un cuarto.
Aunque no presté atención, luego imaginé algún hombre, con
un final.
Cualquier palabra, cualquier frase siempre luego será imaginada.
En el comedor de su casa, cercano a la ventana.
Subiendo a una pequeña escalera de tres escalones.
Intentaba enrollar o desenrollar una bombilla que no
funcionaba del todo bien.
Un accidente, eso fue todo.
A veces uno piensa un accidente como algo que no lleva cuidado.
Sin querer que ocurra.
Poniéndose todo el deseo del mundo en que no ocurra, y todo
ese deseo no sirve para nada.
Ocurre y ya está.
Entonces uno se da cuenta de que poco valen sus deseos, sus
anhelos, sus esperanzas.
Y se me viene, hablando de esperanza, que los griegos poco
creían en ella.
De la caja de Pandora caerá todo a la tierra —enfermedades,
guerras, desgracias—,
menos la esperanza que, parece, se queda pegada a la caja de la
joven curiosa.
Esperanza no es igual que alegría, esperanza es algo pasivo,
algo por venir; en cambio, la alegría es algo que conmueve, que

descubre el mundo, que abre la grieta por donde tantas cosas desaparecen, o aparecen.

La alegría se busca, la esperanza se tiene. Ella tenía esperanza, ahora no.

Quiero dejar escrito lo versos de Claudio Rodríguez de su poema *Lo que no es sueño*:

«La más honda verdad es la alegría, la que de un río turbio hace aguas limpias,
la que hace que te diga estas palabras tan indignas ahora,
la que nos llega como llega la noche y llega la mañana,
como llega a la orilla la ola:
irremediablemente.

Si escribo para hacer un currículo de adultos, este sería el primer tema.

15 de noviembre

Lourdes ya no viene por el colegio, pero estuvo mucho tiempo.
Le faltaban dos dedos de la mano derecha, por eso cogía
regular el lápiz.
Se los cortó trabajando, cuando las máquinas no respetaban a
las personas, ni ahora...
La recuerdo siempre, porque siempre la quise.
Un maestro quiere a sus alumnos; si no, no es un maestro.
¿Como no querer al alumno si te da su tiempo?
Trabajó mucho. «Para nada», pienso yo.
Sufrió mucho, como saben las mujeres trabajadoras.
Su marido se divorció de ella y acabó en los brazos de otra mujer.
Ella lo contó con un dolor inmenso cuando al morir, su ex, aquella
mujer que la había suplantado, lloraba por aquella muerte.
A Lourdes le dolían las lágrimas de aquella mujer, lo explicó
tan bien, que, de claro, asusta o templa el carácter.
Hicimos una excursión —hace tanto— a Albarracín y al bajar
del autobús me invitó a un vino y a un plato de jamón.
Quería agradarme y lo hizo.
Todavía la recuerdo porque algunas veces se recuerda lo que
se quiere desde dentro. Ahora la veo pasear por la plaza de su
pueblo y la saludo.
Lleva los dedos como garras, como las garras de un buitre,
atentas y artríticas.
Siempre me alegra decirle algo y ella siempre sonríe.
Como solo sabe sonreír la gente que ha sufrido mucho.
¿Por qué la entiendo?

16 de noviembre

Como un ramo de flores apretado con cinta de carrocero en
una farola
en cualquier camino donde alguien dejó su vida.
Así son algunas veces los recuerdos que, de tanto a la
intemperie, acaban por marchitarse.
Ellas, mis alumnas, también tienen algún ramo de esas flores
por alguna carretera,
por alguna farola donde iluminar la última escena de alguien.
Tal vez en un quitamiedos (si es posible que esta palabra exista
o sea en sí misma una contradicción).
Saben —lo hemos hablado en clase— de la luz de hospital
amarillenta, de cómo aprender a regular el gotero, de llamadas
urgentes a los hijos.
Tienen recuerdos antiguos y viejos, tal vez amarillentos,
casi marchitos.
Ellas saben callar, o modular, los recuerdos, todos fueron
en persona.
Cualquier escuela de adultos debería hablar de la muerte,
de las heridas de Miguel Hernández: «Llegó con tres heridas la
del amor, la de la muerte, la de la vida».
Ese poema es la introducción a cualquier educación, cualquier
conocimiento, cualquier saber.
La han visto de cerca, conocen su aliento, conocen
la rendición.
Complejidad del vivir.
Callan más que hablan.
Algunas tardes entre ejercicios, las he visto como desde los
ojos se deslizan esos sentimientos dejando el ojo acuoso y la
mirada oscilante.

Hay días que la clase se hace en silencio —que es como
habla Dios—
y se oyen sus palabras. Aprender a estar atento formaría parte
del currículo.
Una escuela tiene lápices, bolígrafos, libretas, folios, libros...
Todo el botiquín preparado para cuando nazca el recuerdo.
Algo así como los primeros auxilios en la educación.
Una escuela debe dar seguridad y fe.
Ellas lo saben, como también otros profesionales.
Vuelvo a casa tarde, paseo por la ciudad y por el silencio.
Me pareció ver en una esquina de la calle iluminada de
esta ciudad,
alguien había puesto flores apretadas en una farola.
A la intemperie.

19 de noviembre

Siempre busqué al líder.
Por eso que los he buscado no los he encontrado y, lo peor,
los traicioné.
Nunca fui uno de los nuestros.
Ellas nunca hablan de líderes, ni los han buscado, ni creen en
ellos o ellas.
Son prácticas y rápidas.
Adaptadas como los grandes felinos.
Algunos podrán criticar esas actitudes, pero son primarias y
son importantes.
Saben mirar, y ahí va la primera creencia para nada irracional.
Saben —como ahora sé yo— que el miedo se huele.
Y con ese instinto pueden moverse entre la selva de la política
y de la religión.
Tal vez entre más selvas de lo que cualquiera cree.
Hacen un «Guardar como» y siguen adelante sin más
explicaciones, ni necesidades.
Hay que ser muy cretino —como algunos lo son— para venir
y decir que les provoca orgullo y satisfacción que aprendan a
leer y a escribir.
Cuando oyen esas frases, saben que están delante de una
mentira, la recogen y la transforman en una pomada para las
manos donde resbala hasta el agua.
No necesitan de discursos, aunque gustan de que se les tenga
en cuenta.
Todo es artificial menos el sentido del olfato.
Más currículo para la educación de adultos: aprender a oler los
sentimientos, las emociones, las verdades, y las mentiras.

Para continuar adelante con el lápiz entre las manos.
Ellas saben cómo huelen los líderes, prefieren no decirlo.

22 de noviembre

Iba quitando lentamente los cadáveres de aquel paredón
de fusilamiento
donde moría Aureliano Buendía entre el olor a sangre y pólvora.
Buscaba yo el cadáver de mi padre entre tanto humo.
Al mediodía ya quedó limpio aquello.
Y una pequeña guardia armada que vigilaba los trabajos de
desescombro se retiró. Aquello quedó como si nunca hubiesen
disparado, ni ensuciado, ni matado,
excepto por los cartuchos que dejaron grietas y agujeros en la pared.
No vi a mi padre, por eso siempre pensé que acabó huyendo.
Quizás por la jungla que daba detrás del paredón.
Tenía las piernas largas y con unos pasos rápidos pudo
salir corriendo.
Por todo el tumulto que se formó a las doce de la mañana, hora
de la ejecución.
Entre los árboles y matorrales junto con gritos de monos y
aves extrañas.
Que servían para desorientarse y perderse en aquella
inmensidad de color verde. Todavía llevo el olor a jungla.
Que viene a ser todo el tiempo que me dediqué a buscarlo.
Ahora ese olor algunas tardes inunda la habitación desde
donde escribo.
Y me hace pensar.
Me dediqué a la enseñanza —que es una manera de dejar
de disparar—
y empuñé el bolígrafo.
Todo esto les cuento mientras se ríen escuchándome.
Me preguntan si mi padre no estaría hasta la coronilla de un
hijo como yo.

«Claro que sí», les acabo por responder.
Esta tarde pensé en él, en la breve despedida que tuvimos hace
tanto tiempo,
en las piernas largas de Gary Cooper, que eran igual que las de
mi padre,
en estar solo, tal vez ante el peligro.
A todas ellas la vida les ha pasado muy rápido.
Aunque, si volvieran a vivir, no repetirían las mismas cosas.
La imaginación es también una vía de escape.
Nunca pondría a mi padre en un paredón.

23 de noviembre

Hoy no hubo clase.
La institución a quien tanto debemos organizó para ellas
buñuelos y chocolate.
Merienda. Comer y repetir. Repetir y comer.
Todo el pueblo estaba invitado, así es la generosidad
desde arriba.
Pensé en el «pan y circo» de Augusto, de Calígula, de Nerón.
Todo se paraba en aquel momento para continuar igual. No
hemos cambiado tanto.
Ni ellas, ni las instituciones.
Tal vez la palabra *hambre*, conocida y vivida, sea la espoleta que
inicia ese movimiento.
Tal vez la ansiedad se genera cuando la institución ordena el
deber de comer chocolate y buñuelos.
Algunos piensan que nada tiene que ver, todo es convivible, amable.
Hay tanta gente joven con un pensamiento adaptado, aparcado,
servil que asusta.
Me gustaría desde el pensamiento llegar a esa amabilidad que
me ofrece lo vertical.
Pero tengo un pensamiento espeso como el producto que darán
esta tarde,
que, entre otras cosas, sirve para interrumpir las clases.
Ellas lo saben. Aunque prefieren no elaborar la idea.
Lo saben y no renuncian a saber.
Pero el pensamiento es una cualidad a la que solo le falta el olor.
Y ya sabemos que el olor a comida puede tumbar cualquier
asunto educativo, cultural o social.
La cultura de comer es imbatible, igual que las ideologías que
en ello se sustentan.

Que son todas. Somos ñus en el Serengueti corriendo por la pradera, bajando por los ríos, siendo devorados por los cocodrilos.
Lo dijo mejor Ortega en *La rebelión de las masas.*
No es por la educación por lo que nos regimos, tal vez es por la mala educación, democratizada con el olor a comida.
Y a pobreza.
Que ellas saben y no quieren hablar. O nombrar, que sería el inicio de la reflexión.

24 de noviembre

Llama Mercedes para decirme que vea el programa
Pasapalabra, que hoy dan el rosco. Después, con la voz
entrecortada, dirá que no sabe con quién hablar.
Que su hija —eso cree ella— se va a separar y que quiere decírmelo.
Le digo que sí, un café y hablamos. Quedamos.
Al colgar se me viene con toda su desnudez la palabra amor, eso
que mueve el mundo, lo dice una mujer que poco lo conoció.
Y ahora, una pequeña llama que tenía puesta en su hija es
posible que acabe apagándose, muriendo.
No quiere que aquello termine, tal vez sea un gran fracaso para ella.
Mejor no girar la cabeza atrás y ver de dónde venimos todos.
Mejor no saber tanto mientras el mundo gira y gira sin parar.
A tanta gente, el amor le pasó por delante,
seguramente, del banco en el parque donde se sentaban.
Lo vieron marchar y ahora lo vuelven a ver marchar.
Es siempre un amor en movimiento, nunca quieto.
No conocen a Heráclito cuando dice «Todo fluye».
Ahí iría también el amor, desde hace tanto.
Pero a nosotros nos duele no poder retener el milagro.
Tal vez no poder ser dioses.
Y es difícil acostumbrarse a tanta tarde de viento.
Ellas conocen el amor con espinas, que de tanto apretar acabó
con la imaginación o sangrando.
O tal vez sea la esperanza algo irrompible.
Ellas saben que solo manda el tiempo y lo demás siempre va detrás.
Son solo temas de la escuela, eso acabo pensando.

26 de noviembre

Hoy ha venido un tipo a clase, un tipo comprometido,
cabal, formal.
Un político al que he dedicado más de media hora en fijarme
cómo salían de los agujeros de su nariz unos pelos negros y largos.
Ellas atendían con amabilidad.
Su explicación sobre la necesidad de abordar la brecha digital
y subsanar tamaño error sugirió hacer un cursillo corto pero
intenso con un profesional.
Mientras, todas asentían con movimientos verticales de cabeza.
Mis ojos seguían fijos en aquella nariz y aquellos pelos largos,
osados, extraños.
Casi le llegaban al labio superior.
Parecía que sus palabras tomaran asiento en aquella
pelambrera desordenada.
Me parecía una nariz exagerada o tal vez esos orificios
poblados sin orden, como su ideología.
Después se marchó.
Carmen me dijo que me veía absorto, pensativo, como fuera de
la clase.
Y le contesté que sí.
No quise hablarle de mi descubrimiento y volvimos al
Nocturno número 3 de Chopin, que parece nos hace volver a las
nubes, tal vez de armonía y desaceleración.
Con poca tecnología.
Y en silencio coincidimos todas mirando un folio que nos
invitaba a pensar.

Gina

Tal vez fuiste la Gina Lollobrigida de La Mancha,
rodeada de ajos y piedras calientes al sol,
con aquellas piernas largas como la sombra que dan los
cipreses del cementerio.
Yo te vi muerta ya.
Entré en aquel tanatorio, La buena muerte, creo que se llamaba.
Era circular y lleno de salas.
Rodeada de flores blancas y unas cortinas grises, allí estabas.
Alargada, amarilla.
Te pensé, como tantas veces pienso en mi infancia, sudando
y corriendo.
Había en aquella habitación un silencio que no ocupaba
el espacio.
Sonaba un pequeño ruido de pompas de jabón que se rompen,
de cuando salía del mar y los pies pisaban pequeñas piedras.
Te miré un buen rato hasta que descubrí que aquel sonido salía
de tu boca, de tus labios.
Asomaba una saliva blanca de burbujas que se rompían.
Pensé en la medicación que tomaste cuando la energía no
te abandonaba.
Fue extraño ver salir de aquellas cortinas a un tipo totalmente
de negro con un pañuelo blanco.
Fue directamente a tus labios, a limpiar aquella nieve que surgía, a
tapar definitivamente cualquier sonido que pudieses generar.
Cesó el sonido.
El tipo desapareció rápidamente por entre las telas.
Todavía te recuerdo.
Con la boca grande, mediterránea y los dientes alineados.
Invitándonos a todos a levantar las copas para brindar.

Tal vez vi, en el final, una pequeña ola en tus labios.
Azul y buena.
Todo parecido a una cuestión de vida.

De los veranos en Jávea

Me llaman por teléfono, ese gran avisador, para decirme que el señor Batiste se ha muerto.
Y se me viene la infancia de golpe.
Se me viene Jávea.
Un horno donde hacían pan.
Una casita encima de un árbol para hablar y guardar los secretos que se tienen a los siete años.
Había una barca en aquellos veranos tan largos donde no cabían más que dos meses al año.
Salíamos a pescar, el padre de Juanvi, el padre de Alberto, el padre de Luis y mi padre. Todos hacían algo: remar, pescar, arreglar las redes.
Eran los veranos de padres, me sorprendían las habilidades del mío a la hora de remar.
El agua clara y transparente, los erizos, pulpos, cangrejos..., el almuerzo.
Las risas.
Decían de un chalet que era del actor de la película *El fugitivo*.
Con los años copiamos alguna película, tal vez esa.
La casa encalada, las nubes, el Mediterráneo, los siete años, los pantalones cortos. Siempre he llamado *señor* a los amigos de mis padres.
El señor Juan, el señor Luis, el señor Batiste. Paseábamos por la playa del Arenal.
Visitamos la iglesia, que tiene un techo en forma de barco, hermosa, poética.
Algún helado si te portabas bien.
Animales: perros, gatos, ranas, sapos, lagartijas, y pinos altos y romero.

La paella era grande y los niños comíamos al lado.
Se gritaba y se cantaba, para vergüenza de todos los de
pantalones cortos.
Ya digo, el teléfono me avisa.
Me dicen que su hijo, que vive en México, vendrá el viernes
al entierro.
Pienso en México, qué lejos queda todo.
Y un niño que me mira asustado hoy... y no sé qué decir.

Luis y el mínimo común múltiplo

Había dos tíos. Luis y Luis. Uno representó las ideas; el otro,
las creencias.
Los dos conceptos acompañan y siguen unidos.
Lo decía Ortega: con el tiempo las ideas se convierten
en creencias.
Algún domingo se reunía para comer paella toda la familia.
En casa de Luis, mi tío, existía un universo particular, lleno de
personas mayores.
Un corral grande con gallinas que campaban a lo largo y a lo
ancho, conejos.
Una red de hilo de alambre nos protegía de aquellos animales,
tan temerosos como yo a los cinco años.
Olí las primeras mierdas de gallinas, un olor seco que me
acompañó durante mucho tiempo.
Mi tío Luis, el de las creencias, se envolvía al acostarse con un
vestido de plástico para sudar.
Eliminar los tóxicos, decía él.
Tenía una grave enfermedad que contaba entre cuchara de
arroz y cuchara de verdura.
Las bocas llenas asentían sin atender demasiado a sus
explicaciones vegetarianas, pues también era vegetariano,
aunque comía carne los domingos.
Sudaba por la noche embutido en un traje de plástico,
eliminaba tóxicos.
Alzaba la voz cuando contaba que los médicos lo habían
desahuciado por su grave padecimiento.
Y mandaba a tomar por culo a todos los médicos y a su
ciencia entera.
Miraba a mi tío Luis entre la admiración y el temor.

Delante de su casa pasaba una acequia inmensa, grande, llena de agua.
Contaba la cantidad de niños que se ahogaron por no medir la distancia prudencial. Miraba fijamente el agua de aquella acequia.
Y era cierto que se llevaba la propia mirada y, si te distraías, comenzabas a marearte.
Un día contó que un niño cayó al agua.
Pero justamente fue a parar a los hombros de san Cristóbal, el santo, quien, ayudado con un palo, sacó al niño de la acequia inmensa.
Y lo devolvió a la vida, o a la realidad, o vete tú a saber.
Yo tiraba piedras pensando en el santo.
Algunos días de paellas, pensé en saltar al agua, pero el miedo no te dejaba moverte.
Solo mi tío Luis había visto a san Cristóbal y al niño que llevaba en el hombro.
Recuerdo que cuando reía enseñaba un diente de oro, como los piratas.
Y las gallinas acababan comiendo las sobras del festín.

Mi otro tío, Luis, era el de las ideas.
Con un semblante serio y preciso, venía a casa algunos sábados.
Y sentado en el sofá rojo de escay me esperaba para darme su clase de matemáticas.
A un niño que no entendía nada, ni para qué servía el mínimo común múltiplo,
y que miraba despacio el cuaderno de deberes y ladeando la cabeza de izquierda a derecha.
Hablaba consigo mismo y, cuando levantaba el lápiz, llamaba mi atención ante los quebrados, que nunca entendía.
La paciencia era una virtud en él, aunque podía perderla frente a un tipo tan torpe como yo.
Repetía las operaciones, las explicaba, me miraba y, por fin, acababa enfadándose, pues no pillaba nada de nada.

Se llamaban quebrados (quebraderos de cabeza).
Después han sido números racionales, los números Q.
También fracciones.
De doce a dos, algún sábado me daba clases.
Comía en silencio y después se marchaba.
Un día dijo que los ovnis, tal vez, eran naves dirigidas por las
grandes potencias con el fin de espiarse unas a otras por el
asunto de la Guerra Fría.
A mí me pareció interesantísima su opinión, pero en aquella
mesa familiar nadie contestó nada.
No sabíamos de la Guerra Fría ni del mínimo común múltiplo.
Estoy sentado en esta terraza pensando en mis dos tíos.
Los dos se llamaban Luis.
Al lado del tiempo cojo un lápiz con la intención de escribir
qué va quedando.
Todavía no había aprendido a mirar.
Eso fue bastante más tarde.
Salir de la ferretería familiar y encontrar otras herramientas.

2 de diciembre

A partir de la violación a Artemisia Gentileschi, su manera de pintar cambió radicalmente.
Sus cuadros rebosan rabia y sangre.
Toda una lección de anatomía será el degollamiento del general Holofernes.
Sangrando en un cuadro lleno de emoción y venganza.
Les explico el cuadro mientras opinan que se nota la fuerza de ella, la ira, el dolor.
Se ve una mujer empoderada —llena de poder—...
«Ah. ¿Es eso empoderada?», dirá Carmen.
Tal vez ya lo saben, tal vez todas ellas llevaban una espada afilada bajo la falda o el vestido.
También saber callar era estar empoderada, en el silencio comienza la fuerza.
La mayoría de ellas recuerdan a su padre como una figura necesaria, no ejemplar; como una figura vital, no exenta de defectos.
En todas ellas la muerte del padre se significa como el poema de Raymond Carve.
Aquel que está en la cocina, y que se hace una fotografía con una caña de pescar en una mano y en la otra una ristra de peces.
El poeta inquiere al padre; con unas manos blandas que aguantan los peces.
Además «ni siquiera conozco los sitios donde se pesca».
Sobrevivir al padre, tal vez ninguno ejemplar, una lo llena de adjetivos y de poder.

3 de diciembre

Querer hablar del padre esta tarde es traer una foto vieja y gastada con dos figuras. Un hombre y una mujer.
Con el dedo pulgar de la mano izquierda oculta a la mujer joven que posa con su padre.
Primero porque no es su madre y segundo porque no quiere hablar de la guerra. La Guerra Civil.
Dice María que su padre desapareció en la guerra y con los años llegó a casa esta fotografía —oculta un cincuenta por ciento— con unas letras desde Francia.
Nos cuenta que, entonces, en Televisión Española hacían un programa de búsqueda de desaparecidos.
«¿Quién sabe dónde? Te acuerdas, Paco».
Y que indagando por aquí y por allá y con la ayuda de sus hijos escribió a Paco Lobatón.
Le envió una foto de su padre vestido de militar posando con un fusil delgado.
Tal vez como su propio padre.
«Delgado de hambre y miedo», dice pensando.
Acaba aclarándonos que la fotografía se perdió.
Que nunca salió en el programa de Paco Lobatón la búsqueda.
Y que nunca le contestaron.
Lanza unos insultos a la tele, al presentador... y respira hondo.
En la Meseta, de donde ella viene, se respira hondo, como si fuese un pensamiento, una aclaración para seguir pensando.
No ha quitado el dedo pulgar de la cara de esa otra mujer, no la hemos visto.
También respirar hondo es una queja.
O un vacío. Una nada.
Ahora que he empezado a leer a Heidegger.

5 de diciembre

Nos hemos equivocado tanto con la educación de adultos que al final no nos hemos equivocado en nada.

Pues nada hay.

Paseo esta tarde que no tengo clase por la playa, descalzo, con las pequeñas olas de mar que acaban en mis pies.

He cogido un palo del suelo y, mientras trazaba una raya detrás de mí, pensaba en el vocabulario, en las mayúsculas y minúsculas, en el «aeiou» tan socorrido, en *mapa, mama, mesa, misa*..., palabras que ofrecemos a las nuevas alumnas cuando se incorporan.

Poco ofrecemos.

Que repiten y esperamos que puedan copiar en la libreta esas palabras en oferta. Como si no tuviéramos otras, de mayor peso y resonancia, vida, amor, muerte..., y que conocen.

Toda esa línea que iba marcando en la arena va desapareciendo al llegar el agua.

Ofrecemos una educación con una piedra en la espalda, a la manera de Sísifo, ofrecemos peso y gravedad.

Mala formación es esa de trasladar al otro el peso, llevar la mochila llena.

No entendimos aquello de «ligero de equipaje».

Entre lo excesivo y lo liviano, podríamos colocar la alegría.

Como búsqueda, como solución a este tipo de educación con adultos.

O tal vez sea universal la palabra *alegría* y pueda ocupar todos los lugares.

10 de diciembre

A veces la tiza habla, escribir en una pizarra es hablar en voz alta sin gritar.
El color blanco de la tiza se acerca a la manera amable de educar, de nombrar, de decir.
Leemos esta tarde a Gloria Fuertes: «Yo, remera de barcas, ramera de hombres, romera de almas, rimera de versos...».
Hay que traer a clase, al aula, a gente que nos desescolarice de nuevo.
Que nos descolonice otra vez, que rompa el pensamiento desde abajo y nos deje a la intemperie.
Una palabra que me acompaña constantemente, como a ellas: *intemperie.*
Somos alumnas de tercera clase, del último grupo, alumnas descolgadas de todo. Sin saber el mínimo común múltiplo ni fracciones.
Ni entendemos las partes de la célula, somos el tema inadaptado y solo.
Como la intemperie, un grito que quiere aprender.
Formamos parte de algo, pero no sabemos bien de qué, algunos dicen «comunidad educativa», eso será.
Sus nietos les informan de su aprendizaje, y ellas mueven la cabeza. Sus hijos les informan de sus quehaceres cotidianos.
No saben que ellas están en cualquier verso de los leídos arriba, remando, remando...
A veces la tiza habla...

12 de diciembre

Cuenta María que ha trabajado toda la vida limpiando casas, arrodillada (remarca).
Antes la dueña exigía limpiar arrodillada para mayor eficacia.
La imagino joven, fuerte, arrodillada.
Sentarse en un pupitre es una postura digna, coger un lápiz también.
Aunque me quejo del currículum de enseñanza de adultos, sé que la educación parte de la dignidad.
Sé que no es poco esa premisa, que exige una mirada de igual a igual.
Ayudar a pensar es un trabajo que mejora y te mejora.
Llevo un libro en el asiento de atrás del coche de Paco Umbral titulado *El hombre es un ser de lejanías*.
Sus hijos pudieron salir de esa red que recoge a todos los pobres y mejoraron posiblemente mucho más de lo que los padres esperarían.
Vimos un cuadro donde Ulises está atado al palo mayor de la nave mientras las arpías y sirenas con sus cantos tratan de llevarlo al fondo.
Todos hacemos nuestro viaje a Ítaca.
Vamos sobrevivido a las tempestades, a los inconvenientes cotidianos. A veces somos extraños en la propia rutina.
Hay que ser fuerte, veraz, íntegro y no tirarse de cabeza al fondo del mar, aunque te acompañen las sirenas.
Pero no somos Ulises.
Todo lo que a ellas les ha gustado se convirtió en lejanía.

20 de diciembre

Rosario trae fotos de cuando era joven, de cuando conducía,
de cuando tocaba el violonchelo en una banda como tantas
existen en esta ciudad.
También trae fotos de sus nietos.
Su marido —hace tanto— hacia las estructuras de las oficinas
del Banco Hispano Americano por toda España.
Cuando este banco se expandía como solo lo sabe hacer
el capital.
Oficinas bancarias que hacían obreros— los techos,
los mostradores.
En Mallorca, en Madrid, en Tarragona.
A Rosario y su marido les gusta viajar todo lo que puedan,
viajes, excursiones, asociaciones.
—¿No te parece? —pregunta.
Tres veces ha ido a Lisboa, dos a París, Roma, Génova...y más.
Tuvo un hijo enfermo durante muchos años. Iban a visitarlo al
hospital todos los días, recuerda el sufrimiento.
Es muy difícil, ¡eso de los hijos!, exclama.
Ahora le han dado en la farmacia unas gotas que se llaman
lágrimas, porque los ojos no le lloran.
Las tardes pasan como si ninguna de ellas tuviera cosas
pendientes, —como cantaba Loquillo— pero éste decía que
«todos tenemos cuentas pendientes».
Cosas y cuentas aquí son lo mismo.
Es imposible —las miro y pienso— no tener temas pendientes,
los que sean.

Aunque parece que en clase se impone por delante otra idea de
vivir la Vida, la que quede, la que sea, la que se crea...

Lo pendiente no es tan necesario, ni urgente. Hay urgencia
en vivir y pensar eso me alegra. La urgencia de lo cotidiano;
nietos, cocinar, medicamentos, viajar.

Para ellas lo pendiente es lo que no se acaba en clase, lo que se
llevan a casa, los deberes.
Siempre estuve en contra de esos deberes escolares, aunque los
pidan los padres.
A ellas no se los pide nadie, los hacen viendo la televisión por
la noche.

Lo pendiente se transforma en lo nuevo, lo por hacer, o descubrir.
Lo pendiente es una hoja para ordenar alfabéticamente
algunas palabras.
Educarse ha acabado siendo lo pendiente.
Debe ser el futuro.

21 de diciembre

Pepa deja de venir a la escuela.
Le tiembla la mano y tiene vergüenza que la vean temblar.
Lo dice en voz baja sin hacerse oír.
Ella que viene de Cádiz, donde vivió tanto tiempo y encontró al hombre de su vida.
Hasta que el hombre de su vida encontró el vino y todo se torció.
Sabía cantar y llevaba la alegría dentro.
Dar palmas y reír a voces, escribir despacio y mirar.
La veo pasear por la huerta algunas mañana cuando se cruza con mi coche con destino Valencia.
Y la pienso.
Debe ser muy extraño que tu mano tiemble.
Que tu cuerpo vaya cambiando y que tus órdenes no sean ya escuchadas por un cuerpo ajeno, con el miedo final de que ese cuerpo acabe por ser sordo a tu conciencia, a tu saber, a tu deseo.
Hablaba del patio donde vivía, de las sillas que sacaban por las noches y el corro de vecinos para hablar, cantar, reír.
Todas tienen un patio del verano en la cabeza, de la infancia, escondido, oculto, brillante.
Un pequeño patio donde la felicidad llegaba sencilla y fácil.
Igual que toda persona tiene un vocabulario organizado o caótico.
Ahora que pasa el tiempo y a ese patio la pintura comenzó a caer, también le tiembla la voz.
La escucho y en todos los sonidos que va emitiendo se reconoce un pequeño dolor, una pequeña queja, un malestar permanente.
Cuando nos vemos, sonreímos.
A veces llega el eco antiguo de la clase donde ella escribía, lo tengo como un gran cuadro lleno de personajes, a la manera de Caravaggio.

Cierta oscuridad y una luz muy potente que ciega hasta el
dolor del tiempo del propio pintor.
Pocas pinturas llegan al movimiento, en nuestra aula lo
conseguimos algunas veces. Educar: pintar el movimiento,
pintar una luz.
Una pintura que tiembla es una gran pintura, acabo pensando.

22 de diciembre

Lo raro es vivir es un libro de Carmen Martin Gaite.
Tuve una alumna que quiso volar mucho antes.
Querer volar como Ícaro, con plumas grandes.
Los zapatos ordenados, una banqueta y subir para lanzarse.
No tenía alas, pero las quería.
Tener alumnas que quieran subir al cielo es un lujo que solo se da en la educación de adultos, porque lo dicen de veras, es cierto, no hay truco.
Y luego, silencio.
No ayuda la diabetes, los paseos constantes.
Me voy a caminar todas las tardes para bajar esta enfermedad.
Los dientes que se van pudriendo, gastando.
Decía que no quería molestar, la discreción y el pensamiento.
María no cayó al mar por vanidad ni por la ortografía o la lectura.
La vida en la gran pantalla es dura y se necesita suerte.
En clase hablamos infinidad de tardes, pero todo es finito, me lo enseñaron ellas.
Todo acaba y la mayoría de las veces lo raro es vivir.
Se aisló.
Pienso en la culpa —esa cabrona que tanto miente— y pasó sus días en alguna residencia.
Esta escuela la educación a personas mayores se da en una pequeña aula.
En otro tiempo era la sala de reuniones del profesorado.
Desierto a partir de las cinco de la tarde.
Hablamos mucho.
Nuestras alas suelen ser de plumas, pesan demasiado.

27 de diciembre

Isabel pasea por la plaza acompañada de una latina que la
ayuda en sus movimientos.
Ya no me reconoce.
Venía de un pequeño pueblo del interior de Andalucía, con un
lenguaje propio y una escritura como Sinatra, a su manera.
Quería aprender a escribir bien antes de que el olvido se fuese
instalando en su memoria y casi acabara por ocuparlo todo.
Tenía mucha gracia, la sigue teniendo.
Se inventaba nombres: Batian por Sebastián.
A mí me hacía mucha gracia. ¿Por qué corregir ese lenguaje?
Me lo he planteado muchas veces: si sirve para comunicar...
Lleva en sus paseos por la plaza, acompañada por una latina,
todas sus joyas brillantes.
Pendientes, collares, anillos...
Puede parecer un poco excesivo, pues llena esa plaza de
encuentro, de luz.
Pero, cuando me paro a saludarla, siempre sonríe, y me mira
y pregunta.
Ya vive en la zona del olvido, pero sigue preguntando.
Y yo, ante tanta joya y relumbro, veo todavía que el olvido no
ha borrado los signos de interrogación, como una especie de
pequeña batalla ganada al destino.
«"Estás en el sitio equivocado, amigo, será mejor que te largues".
Y lo único que se oye después de irse las ambulancias es a
Cenicienta barriendo en la calle de la desolación...», canta
Bob Dylan.
Y salgo de esa plaza, ya definitivamente sin pensar en nada.
Decirse y contradecirse.

31 de diciembre

Espero los finales.
Dice Joan Margarit que cualquier final será un mal final.
Cualquier despedida, «Adiós», «Hasta siempre», es un final envuelto
en palabras sin ánimo de vuelta, de recibo firmado, sin DNI.
Los finales son blancos, están por rellenar.
Suelo pegar en las últimas hojas de la libreta lo que queda del
tiempo, lo que no tenía lugar, aparcar frases, oraciones.
Sin orden son mis finales, largos como el calor, extrañas
figuras barrocas que miro buscando sus pliegues.
Llevo el agua a esas hojas y viento, llevo nostalgias y
extraños sueños,
siluetas de personas, animales o bestias.
Beso los finales para olvidarlos y que me acompañen.
Todo cabe en las últimas hojas del curso, del trimestre, de mí.
Recorto adjetivos, columpios, dejo caer al niño por el tobogán y
me voy alejando sin ruido.
Y sin invocar a nadie, recupero la dicha.
Olvido la desesperación y saludo al aprendiz.
Ése que quiere salir escondido en la alegría.
Termina el cuatrimestre, tal vez ha durado años.
Escribo pensando en ellas, buscando cierta ternura que tienen
y transmiten.
Que no saben que tienen y que es necesario reivindicar.
Educar es reivindicar.
Y también enseñar las cartas al tiempo.
Las pienso más ahora que me miro lleno de canas, algunas
veces viejo y algo triste. Hemos hablado tanto que da un poco
de vergüenza escribir de todo ese tiempo.
No sé cómo les llegarán a ellas estos escritos.

He cambiado los nombres, algunas situaciones.
Siento agradecimiento a todas por su tiempo, por su atención,
por creer en un maestro lleno de dudas al enseñar.
He sentido su cariño, y su soledad.
Tienen todo mi respeto.